衛斯理系列 少年版 06

玩具

作者：衛斯理

文字整理：耿啟文

繪畫：余遠鍠

衛斯理
親自演繹衛斯理

老少咸宜的新作

　　寫了幾十年的小說，從來沒想過讀者的年齡層，直到出版社提出可以有少年版，才猛然省起，讀者年齡不同，對文字的理解和接受能力，也有所不同，確然可以將少年作特定對象而寫作。然本人年邁力衰，且不是所長，就由出版社籌劃。經蘇惠良老總精心處理，少年版面世。讀畢，大是嘆服，豈止少年，直頭老少咸宜，舊文新生，妙不可言，樂為之序。

倪匡　2018.10.11　香港

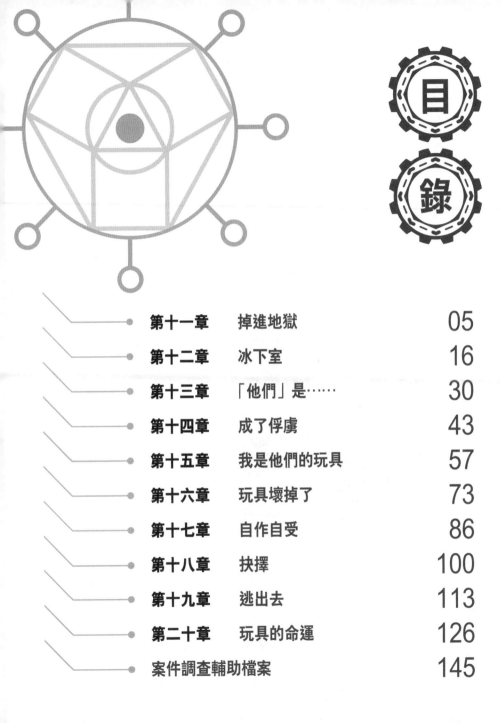

主要登場角色

陶格先生

陶格夫人

伊凡與唐娜

衛斯理

白素

達寶警官

傑克

4

第十一章

掉進地獄

在格陵蘭這片極地上，發現一雙只有一厘米長、半厘米闊的腳印，實在相當匪夷所思！

「從這雙腳印的大小來看，留下腳印的人——」我不禁頓了一頓，「或者應該説生物，牠的身高不會超過二十厘米。」

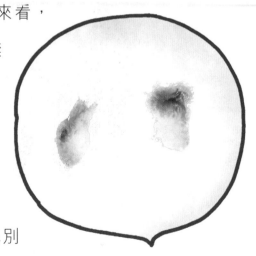

達寶怔怔地望着我，「你⋯⋯你在開玩笑吧？先別説什麼生物會留下這樣細小的腳印，有什麼生物能在這片找不到食物的極地上生存，也是一大疑問！」

我苦笑了一下，「除非……是**外星人**。」

達寶也跟着我苦笑，「如果任何解釋不了的事都可以推給外星人，那我的工作就輕鬆多了。」

那兩個小腳印是在梅耶的屍體旁，我站起來，走到齊賓的屍體那邊看看，竟又發現一雙同樣的小腳印**！**

「**這邊也有！**」我叫了出來。

細心檢查後，除了那兩對古怪的小腳印之外，現場再

沒有別的可疑痕迹。

達寶拍了照片，然後説：「我想將屍體先運回去，這裏沒什麼可以再研究了。」

我抬起頭來，望着白茫茫一片的雪地，心中充滿了疑惑，懇求道：「請你留下在雪原上的必需品給我，我想到處走走。」

達寶失聲叫了起來：「到處走走？冰原上處處都是死亡陷阱，可不是鬧着玩的！」

我點頭表示知道，但神情卻顯示出堅持。

達寶無奈地嘆了一口氣，「想不到世界上竟然還有比我更固執的人。」

我笑了起來，和他握手。

我們合力將兩具屍體裝進帆布袋中，運上了飛機，然後，達寶留下了機動雪橇和一切應用品給我。

在他上機之際，我告訴他：「我早前已經給一位傑克上校留言，估計他很快就會聯絡你，並把死者的身分資料告訴你。」

「謝謝。」達寶**嚴肅**地説：「你記住，行囊裏有一個**定位通訊器**，要是你逛夠了想走，或是遇到什麼危險，就用它來通知我，我會馬上根據定位去接你的。」

我點頭道：「好的。」

達寶最後提醒：「好天氣已經持續了許多天，要是一**起風**就麻煩了，我勸你也別逗留太久。」

我向他做了一個「明白」的手勢，達寶便上機，發動飛機離去。

現在就只剩下我一個人了，我又回去看看那兩對小腳印，雖然沒有腳趾，但我深信那就是*腳***印**。

那麼，我是不是要去搜索只有二十厘米高的「小人」**?**

我登上機動雪橇，向格陵蘭腹地的方向前進，但很快就看到雪地上另有雪橇的痕迹，相信是發現屍體的 **日本探險隊** ● 留下來的。

既然他們沒有發現什麼，我也不必重複他們的 路線，所以我轉了個方向行駛。雪原上除了冰雪，什麼也沒有，我一直四面注視着，雖然戴了護目的雪鏡，但是眼睛仍有點 **刺痛**。

我忍不住閉上眼睛休息幾秒，可就在那時候，雪橇突然猛烈地 **震動** 了一下，尾部向上揚起，我整個人被 **拋了出去**，跌在雪地上。

只見雪橇在無人駕駛的情況下，仍然筆直地 **高速向前衝**。我頓時大驚失色，我不能失去這雪橇，因為達寶留給我的所有求生物品，全都在雪橇上面，包括那個定位通訊器 **！**

雪橇快要在我面前 *掠* **過**，我立即用盡全身氣力向前撲去，只要能撲前一米左右，就可以抓住雪橇的一根橫桿。

可是，我忘記了這裏是雪地，積雪把我的力度卸去了大半，使我差了幾厘米，抓不住那橫桿，撲了個空。雪橇就在我眼前**飛馳**

而去，慢慢縮小成一個 **黑** **點**，然後消失！

我登時 👁目 瞪 口呆，心裏想着如何才能離開這片極地。

就算達寶察覺到我出了事，想前來救我，但在茫茫冰原上，他能找到我嗎**？**

我必須往回走，回到發現梅耶和齊賓屍體的位置，這是讓達寶能找到我的唯一希望。

幸好積雪上有明顯的 *雪橇* *痕迹*，認路走回去並不是難事。

我沿着雪橇痕迹走了幾十步之後，突然停了下來，因為我竟然看到兩對小小的 *腳* *印*，恰好留在雪橇滑過的痕迹之中！

我非常震驚，彎身細看，發現它們和屍體旁的那兩雙小腳印是完全一樣的。難道剛才的雪橇意外，也是神秘「小人」所為？

我不由自主地大叫起來：「出來！你們出來！讓我看看你們究竟是什麼 **妖魔鬼怪**！」

這時候，我聽到一陣異樣的聲音，只見遠處地上的積雪向我迎面直捲過來！

積雪當然不會自己移動，它是被 *強風* 吹過來的。

我立時想起達寶的話：「好天氣已經持續了許多天，要是一起風就麻煩了。」

如今，**麻煩果然來了！**

我沒有在雪原上遇過壞天氣的經驗，只懂轉身拚命奔跑，呼嘯聲在我的身後緊追着。

突然之間，我的耳鼓一陣疼痛，那是強風帶來的**極大壓力**。緊接着，不知有多少雪從我的身後疾湧過來，我猶如在暴風雨的海上，被 *巨浪* 推湧着前進！

我已經無法控制自己的身體，只能任由積雪擺佈，我知道積雪遲早會把我淹沒，腦海裏就只有三個字：**我完了！**

忽然，我聽到了人聲，難道這是臨死前的幻覺？

我清清楚楚地聽到有人在叫：「**天啊，有人在上面！**」

我想張口呼叫，但一張開口，雪就湧進我的口中，一大蓬積雪當頭壓了下來，使我

身陷*雪*中！

我拚命掙扎着，當我已經無法呼吸，快要窒息之際，我突然感覺到腳踝被什麼東西緊緊抓住，然後一股極大的力道把我**往下一拉**，我整個人就沉了下去，心中只剩下最後一道意識：**我要被扯進地獄了嗎？**

15

第十二章

冰下室

我慢慢睜開眼睛，一時間什麼也看不見，是因為戴着護目雪鏡，還是地獄根本就是這樣**模糊一片**？

不過我可以感覺到，我已經不在積雪之中，呼吸十分暢順。

我忽然聽到一個女人的聲音：「你將他帶了下來，我們這裏就要暴露了**！**真不知道我們還能躲到哪裏去**！**」

接着是一個男人回應：「可是，如果不救他，**他就會死在積雪中！**」

這一男一女用**低沉**的聲音迅速地交談着，我十分驚訝，因為我認出了他們的聲音。

他們就是陶格夫婦！

聽着他們的對話，我明白了很多事。

第一，他們暫時沒認出我是誰。因為我戴着雪鏡，只露出極小部分的臉。

其次，他們在**躲避**。雖然不知道躲避什麼，但居然費盡心機，在格陵蘭的雪原下挖了一個坑洞來藏身，那必定是很**嚴峻**的處境。

第三，陶格先生不惜冒着**暴露行蹤**的危險來救我，由此可知，他為人品格極高。

我曾不止一次懷疑他和好幾個人的死亡有關，如今看來，他並非兇手。梅耶和齊賓弄錯了，他決不會是協助**恐怖分子**殘害無辜的比法隆博士。

「他已經死了嗎？為什麼一動也不動？」陶格夫人説。

陶格先生接着道：「他或許只是驚惶過度，昏了過去。」

我感覺到陶格先生過來扶起我，安慰道：「朋友，不用怕，現在沒事了。」

此情此景，使我感動得流下熱淚。

接着，陶格夫人也走過來安慰我：「朋友，別哭，你應該是一個很堅強的人，你是一位探險隊員，對吧？」

「不⋯⋯不是。」我嗚咽着說。

我緩緩坐起身來，拉下雪鏡，立刻清楚看見陶格夫婦就在我的面前。

他們本來以一種十分關心的神情望着我，但突然之間變得**驚駭萬分**，慌忙向後退至角落裏，唐娜和伊凡兩個小孩也趕過去，緊緊抱住母親，神情**慌張**。

我連忙搖着手說：「**別怕！**我相信你們是好人，你們救了我，我絕對沒有加害你們的意思，請放心！」

陶格先生漸漸鎮定下來，問：「你究竟是什麼人❓到這裏來幹什麼❓」

我在回答他之前，不由自主地細看四周。這裏可說是一個「**冰下室**」，因為天花、地板及四面牆壁全都是❄**冰**❄，是在格陵蘭的冰原下，人工挖掘出來的空間。

冰下室約有十米長、五米寬，相當寬敞，有着簡單的家具，還有一個相當大的電視屏幕，用來👁**監視**外面的情況。

我抬頭向上望，冰頂有一塊約兩米長的正方形 **金屬門**，陶格夫人解釋道：「我們在屏幕上看到你被埋在積雪裏，而恰好你的位置就在活門上，我們才能把你救下來。」

「謝謝你們救了我。我叫衛斯理，性格好管閒事，經歷過許多 **奇幻荒誕** 的怪事，還幫助過好幾個外星人回到他們的星球去……」

我說到這裏，唐娜忽然抬起頭來，**哀傷** 地問父母：「我們要回去嗎？」

陶格夫人連忙安慰她：「**不，不，當然不！**」

聽唐娜那樣問，難道他們一家真的是外星人？

我繼續說：「我來格陵蘭，是因為有兩個人 **神秘** 地死在格陵蘭，而那兩個人是我認識的，所以 **丹麥** 警方找到了我。」

「他們是探險隊員？」陶格先生問。

我搖頭道：「這兩個人在過去一年多，一直 *追蹤* 着你們，想查出你們的底細。而我相信，他們是因為追蹤你們才來到格陵蘭的。」

　　陶格夫婦互望了一眼，神色**慘然**，陶格喃喃道：「連他們也能找得到，他們自然……」

　　陶格夫人接上去說：「**自然更能找得到了！**」

　　兩人的臉色發青，好像受了重大驚嚇一樣。

　　從兩人的對話中，我聽出第一個「他們」是指梅耶和齊賓，但第二個「他們」顯然另有所指，到底是什麼人呢**？**

　　我正想追問下去，陶格夫人卻把兩個孩子帶到一扇屏風後面，兩個孩子在屏風後探頭出來，我朝他們做了個*鬼臉*，又做出一個吃 冰淇淋 的動作，他們便笑了，但很快就被母親拉走。

　　「衛先生，待風一停，就請你離去吧。」陶格拋下這句話後，也轉身走了。

我急忙叫住他：「等等，我還有很多問題不明白，**我是真心想幫你們！**」

「謝謝你，但你幫不了的。」陶格往屏風後面走去。

「他們已經殺了五個人！」我衝口而出，大聲說：「風一停，我出去的話，是不是會成為第六個被**『他們』**殺害的人？」

我這樣說，是想利用陶格夫婦對我的同情心，雖然卑鄙，但我實在別無他法了。

只見陶格一咬牙，**僵立**着，一副猶豫不決的樣子。

我嘗試說服他：「你們不要像鴕鳥一樣，將頭埋在沙裏，那樣是不能躲避獵人的追捕的**！**」

這時候，孩子在屏風後喊叫：「**爸爸！**」

「來了！」陶格回應道，然後對我說：「對不起，我們要休息了，你也休息一下吧。」

陶格先生又向屏風大聲喊：「伊凡，拿一個睡袋給衛先生！」

伊凡答應了一聲，很快就抱着一個大睡袋蹣跚地走了出來，十分 可愛 。

我忍不住將他和睡袋一同抱起，又在他的臉上親了一下，「伊凡，你還記得我嗎？」

這時，唐娜也湊熱鬧走了出來，搶着說：「記得，你教過我們，不准在火車上追逐，後來又請我們吃冰淇淋。」

我空出一隻手來，輕撫唐娜的頭，兩個孩子對我的態度很友善。不一會，陶格夫人在屏風後催促道：「**快回來睡覺了！**」

伊凡和唐娜只好向我揮揮手說晚安，然後便與父親一起回到屏風後去。

我鑽進睡袋，身體雖然十分**疲倦**，卻無法入睡，因為腦海裏不停思考着「他們」究竟是誰。

但想着想着，我也漸漸地進入了**矇矇矓矓**、半睡半醒的狀態。

忽然間，我聽到一陣**輕微**的聲響，好像有人在低聲笑着。

我閉着眼，一動不動。此刻，我已經完全清醒了，而且能認出那是唐娜的笑聲。她不但笑着，而且還在低聲說話：「**你去！**」

接着聽到伊凡說：「**你去！**」

唐娜像是猶豫了一會，「好，別爭了，**我們一起去。**」

伊凡立即同意：「**好，一起去！**」

我心中十分疑惑，他們商議一起去做的，到底是什麼事**？**

我將眼睛睜開一道縫，看到唐娜和伊凡**躡手躡腳**地從屏風後面走出來，向我逐步走近。

剎那間，我想起「**他們殺人**」這句話，不禁**心寒**起來，難道……難道幾位死者所指的「他們」，就是唐娜

和伊凡**？**怪不得死者臨死前都
露出異常驚恐的神色，因為誰
會想到，兩個如此可愛的小孩竟
會殺人**？**

第十三章

「他們」是……

唐娜和伊凡向我**悄悄逼近**，我一動也不動，只見他們來到我身邊時，互望了一眼，極有默契地一起向我伸手過來，抓住我的睡袋，突然用力地**搖動**。

那一瞬間，我終於恍然大悟，原來他們只是想把我搖醒而已。

我睜開眼睛，望着他們。唐娜望定了我，吮着手指說：「先生，你有沒有冰淇淋🍦？」

我笑道：「現在沒有，但我答應你，下次請你們吃，還帶你們去**迪士尼樂園** 🐭 玩！」

　　唐娜和伊凡居然瞪大了眼睛問：「什麼是迪士尼樂園？」

　　我呆了一呆，不能想像現今竟會有孩子不認識迪士尼樂園**！**

　　我拉開睡袋的**拉鍊**，坐起身來，向他們描述這個全世界兒童都嚮往的「聖地」。

但我愈説得起勁，他們的臉色卻愈**陰沉**，甚至閃着淚光。從他們的神情看來，我所描述的，根本不是充滿**歡樂**，而是極其**悲慘痛苦**的地方。

我立刻停了下來問：「你們怎麼了？不覺得那個地方好玩嗎？」

「**太悲慘了！**」伊凡説。

唐娜也接着道：「**太可憐了！**」

伊凡又説：「他們為什麼不像我們那樣逃走？」

唐娜：「爸、媽説過，不是誰都能逃出來的。」

伊凡大聲道：「等我有力量的時候，我要將他們全救出來**！**」

我無法理解他們的對話是什麼意思。一個風行全球的兒童聖地，在他們眼裏，竟是一個悲慘的地方**！**

　　我想起那個玩具推銷員李持中曾提及過，陶格一家可能患有「**玩具恐懼症**」。但事情看來不止這樣簡單，伊凡説「他們為什麼不像我們那樣**逃走**」，那是什麼意思？

　　我心中**疑惑**到極點，忍不住問：

「你們是從哪裏逃出來的？」

　　他們呆了一呆，不約而同地搖頭，「我們也不知道。」

　　「你們父母一定提及過什麼的，是不是？」

　　唐娜想了想，説：「我聽爸爸説過，我們是通過**逆轉裝置**逃出來的，我們運氣好，逃了出來，別的運氣不好，逃不出來！」

　　我不禁呆住，「逆轉裝置」是什麼東西**？**

　　但我知道孩子也無法解釋太複雜的問題，所以我只問：

「為什麼要逃？」

　　伊凡苦着臉說：「因為主人對我們不好！」

　　　　　　　　　　　　「主人？」 我又是

　　　　　　　　　　　一呆。

　　伊凡和唐娜都害怕

地點了點頭。

　　「別怕，**主人是誰？** 告訴我！」我有點緊張，感到

自己愈來愈接近真相了**！**

唐娜露出厭惡的神情說：「**他們很小，醜陋得很，又壞！**」

伊凡恨恨地道：「是，壞得很！」

我心頭**怦怦亂跳**，「他們很小？像這麼小？」

我一面說，一面用手比出二十厘米左右的高度，那是根據雪地上*小腳*印的尺寸來推測的。

他們一看到我的手勢，連連點頭。

「他們是什麼樣子的？」我急不及待地追問。

唐娜和伊凡神情 ?迷茫?，好像不知道該怎麼形容。

唐娜突然靈機一動，「我能畫出來！」

她取下頭髮上的一根髮夾，在平滑的冰上畫了起來。

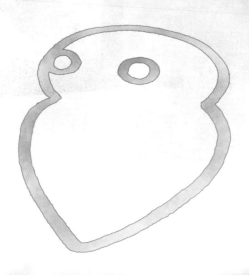

　　我目不轉睛地看着，唐娜畫出來的東西，雖然線條簡單，但我還是立刻看得出，她畫了一個小小的機器人，形狀和李持中推銷的那個玩具差不多！

　　我吞了一口口水，「就是這樣？」

　　唐娜點着頭，伊凡又在冰上畫了幾筆，將唐娜所畫的線條變得更完善，也使我更肯定那是一個小機器人！

我不自覺地提高了聲音，「這就是『主人』？**這根本不是人！**」

唐娜和伊凡被我的叫聲嚇得後退了幾步，神情**驚惶**。

此時，陶格夫婦從屏風後面走了出來，陶格先生來到我的面前，低頭看了看唐娜在冰上畫的小機器人。

我鎮定下來問：「你們在**躲避**的，就是這種小機器人？」

陶格無奈地點頭。

「那麼在冰原上把我的雪橇**弄壞**的，肯定也是他們！」我又叫了出來。

陶格嘆了一口氣，「是的，你是一個標準的E型。」

「**標準的E型**」是什麼意思？我不懂，但我立即聯想起陶格先生的名字「泰普司 • 陶格」，聽起來就是「Type C」。

「我是E型，你是C型？」我問。

陶格點頭，「**我們一家全是C型。**」

「這種分類是什麼意思？」

陶格望向地上的機器人圖案，「**是他們分的。**」

我雖然接近了真相，可是謎團卻沒有減少，我急不及待又問：「唐娜說你們是通過一個什麼『**逆轉**裝置』來的，可是我完全不明白那是什麼！」

陶格深吸一口氣，解釋道：「所謂『逆轉裝置』，就是能令電子運行方向**逆轉**的一種裝置。」

「居然有這種裝置？」我**驚愕**地問：「但逆轉之後會怎樣？」

陶格想了一想，說：「以水為例，逆轉之後，依然是水，外形完全不變。」

「那變的是什麼？」

「**是性質**！」

「變成怎麼樣？」

「**相反**。」陶格回答得非常簡潔。

我着急地問：「性質相反是什麼意思？
水就是水，熱到一定程度會變氣體，
冷到一定程度會結冰。」

「對，只是相反。」

我驚呆不已，「你想說，世上有一種水，了會，

冷了反而會變體？」

陶格乾脆連簡單的回答也沒有，只是望着我

點點頭。

但我卻搖着頭，感

到難以置信。

「逆轉裝置就是

這麼一回事。」陶格認

真地說。

41

我決定先不管逆轉裝置的原理，直接跳到問題的核心，「那個逆轉裝置在哪裏❓你們是從哪裏來的❓」

陶格臉上現出極度猶豫的神色，我勸說道：「到了這個地步，你還不願意說嗎？我們都被他們分類成**E型**和**C型**了，我們是 同坐一條船上 的！」

陶格望向他的妻子，兩人交換了一個無可奈何的眼神。

陶格深吸一口氣，說：「好吧，我們這一家人，來自一個……」

我緊張至極，*纏繞* 在我心中一年多的謎團，終於可以揭開了❗

可是，陶格講到這裏時，卻突然停了下來，並抬頭望着冰頂，神情變得異常**驚恐**。我跟着他抬頭望上去，也立刻大吃一驚❗

第十四章

　　我抬頭看見冰下室的頂部出現了一個 **小 洞** ，那小洞像是被一束 **極其 灼熱** 的射線射出來的，直徑不過五厘米。小洞旁邊的冰正在 溶化 ，向下滴來，形成一條細小的冰柱。

　　我還未明白究竟發生什麼事之際，陶格已緊張地喊叫：「**快帶孩子躲下去！**」

　　陶格一家轉眼就不見了，但好奇心使我仍然呆呆地抬頭看着那冰頂，這時候小孔已經穿了，一束 **極強** 的光線直射下來。

我連忙揚起手來遮擋強光，可是才一揚手，那束強光竟然像觸得到的實物一樣，緊緊束住了我的手腕，同時把我的身體向上提起，**雙腳懸空！**

那束強光就像一根七彩絢麗的發光繩子，綁住我的雙手，將我提起！

我竭力掙扎着，可是一點用也沒有，我真後悔剛才沒有跟着陶格一家溜走。

　　這時候，又有一股**強光**疾射而來，直射向我的臉。我頓時什麼也看不見了，同時也喪失了知覺。

　　喪失知覺後發生了什麼事，我當然不知道，也無法知道自己究竟喪失了知覺多久。當我漸漸恢復知覺的時候，只感到**寒冷**所造成的全身刺痛。

　　我睜開眼來，驚訝得無法相信自己的眼睛，懷疑眼前只是個可怕的**噩夢**。因為我看見自己在離雪地大約一米的高度，懸空平躺着，並且一直向前飛行！

我飛行的速度極快，冰原上被 **烈風** 吹起的積雪，像 **排山倒海** 般向我壓過來，卻又沾不到我的身上。因為我的身體被一股柔和、**淺黃色** 的光芒籠罩着，像保護罩一樣，為我抵擋着積雪。

但更令我震驚的是，在高速飛行着的我竟是一絲不掛，**赤身露體** 的！

這真是 **荒誕** 到了極點，是只會在噩夢中才會發生的事！

我立即想起梅耶和齊賓，他們兩人不就是赤身露體地死在冰原上嗎 **?**

包圍着我的那種黃色光芒，似乎有一定的 **保溫** 作用，使我和嚴寒的空氣隔絕，雖然身體還是冷得 **刺痛**，但至少不會被零下幾十度的環境凍死。

我試圖移動手和腳，但好像全被什麼束住了，我被困在一團光芒裏，情形猶如昆蟲被嵌在松脂之中一樣。

我看到包裹着我的這團光芒，頭尾兩端各有一個**黑影**。由於積雪飛舞，一開始我看不清楚那是什麼。但當我用心注視，終於能看清楚了，那是兩個約有二十厘米高的小機器人！

他們的外形和唐娜在冰上畫出來的極其相似。同時，我也看清了，光束是從他們的一隻手中射出來的。

而包圍着我的光芒，就是由那光束化開來形成的。

換句話説，那兩個小機器人正放出一團**光芒**，將一絲不掛的我包裹着，帶着我高速向前飛！

毫無疑問，這種小機器人就是陶格一家一直逃避着的東西，也就是陶格口中的「他們」！

他們到底是從哪裏來的怪物？現在又準備將我怎麼樣？我高聲呼救，可是，聲音好像被那黃色光芒吸收了一樣，無法傳遞開去。

忽然間，飛行停止了，我的身體緩緩落下，同時，身上那團光芒也消失了。大團積雪挾着烈風襲來，那種極度的寒冷令我全身僵硬。

風雪瀰漫，我根本無法看到任何東西，也不知道那兩個小機器人到了何處。沒有那團光芒的保護，我知道自己很快就要死了，格陵蘭的冰原上將會再增添一具詭異的赤裸屍體。

接着，我便再度失去知覺。

不知過了多久，我又漸漸恢復知覺。首先恢復的是

👂聽覺，我聽到一連串有規律、**長短不一**的「滋滋」聲。接着，那種全身刺痛的感覺又來了，痛得我忍不住大聲呻吟起來。

我一面呻吟，一面張開眼，卻發現自己正身處一個冰洞之中。那冰洞相當深，像是在冰原上挖出來的一口井，那團光芒又包圍着我。

我躺在那團光芒裏，不能動彈，只見那兩個小機器人在我上方**飛來飛去**，行動迅速自如，不斷發出「滋滋」聲。

他們似在觀察我，於是我大聲叫道：「**帶我去見你們的主人！**」

我認為這兩個小機器人一定是被製造出來的，我要見製造他們的人。

他們其中一個的心口突然射出一束光，那束光很**細**，直射向我 **心臟** 的部位。

我很驚恐，但隨即發覺那光線並無殺傷力，我身上一點感覺也沒有。

那光束很快縮了回去，接着又是一陣「**滋滋**」聲，兩個小機器人的頭部在轉動，像在商量着什麼似的。

籠罩住我的那團光芒，顏色漸濃，而我身上的刺痛也隨之 *漸漸減輕*，甚至有了溫暖的感覺。

真想不到，那黃色的光芒不但有保溫作用，還可以調節溫度，使我猶如置身在春天的陽光之下**！**

由於顏色變濃，我漸漸看不清楚外面的情況，只聽到「**滋滋**」聲依然不絕於耳。

沒多久，那兩個小機器人突然穿過了黃光，落到了我的胸膛上。

他們轉動着頭部，不斷發出「滋滋」聲，同時，他們身體各處都有細小如線的光芒射在我的身上。

我感覺這些光線是他們正在觀察我、檢驗我！

他們就像兩個捉到了不知名小動物的兒童，正在研究和商量着該怎麼飼養。**而我，就是那隻小動物！**

我亦馬上聯想到梅耶和齊賓的死因，說起來很，情形就像兒童第一次捉到了一隻螳螂，不知道如何飼養，結果很快就弄死了。當兒童第二次捉到螳螂，吸取了教訓，便會細心研究，累積經驗。

想到這裏，我又第三度失去知覺。

不知過了多久，我才醒了過來，發現自己身處一個金屬箱子中，身上裹着一條毯子，**暖洋洋**的，十分舒服。

但供人躺着的長方形箱子，使我立即聯想起，嚇得我慌忙用力一踢，把箱子的頂蓋踢開。

53

我從那箱子中坐了起來，外面的情形看得清清楚楚，

我已經不在冰原上了。

我身處於一個 **極大** 的空間，這裏猶如一個房

間，卻大得令人難以想像，每一邊至少有八十米，但高度

只有三米左右。

　　向上看，是一片 **銀**灰色的頂部，看來像半透明，卻不知是什麼東西。

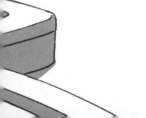

空間內，有一邊是草地，旁邊有一個相當大的水池，還有一些滑梯、鞦韆架等高級別墅常見的設施。

而空間的另一邊，是一個以兩米高的牆所圍成的「間隔」，初看時還以為是迷宮，但仔細一看，那根本就是一座沒有屋頂、沒有天花板的別墅洋房！

我心中疑惑至極，這裏到底是什麼地方？

第十五章

我是他們的玩具

　　我將毯子裹在身上，跨出金屬箱子，先走向那幅草地看看。那是真正的草地，柔軟而散發着青草的芳香，草地的邊緣還種着相當整齊美麗的花。

　　我在草地只待了一會，便轉過身來，向那棟沒有屋頂的單層別墅走去。門是開着的，我向屋內大聲問：「**有人嗎？**」

　　沒有人回答，我便走進屋內，首先看到的是客廳，陳設**高雅**，有着柔軟的地毯。穿過了客廳，我看到睡房、浴室、廚房，應有盡有。如我所料，這是一個房子。

毫無疑問，這是一間極其舒適的

屋子。我一直裹着毯子走來走去，

打開一個衣櫃時，發現裏面有

許多衣服，全都以 **閃光**

質料所造， **鮮艷絕倫**，

令人目眩。

我在衣櫃裏找到一

雙靴子，而抽屜裏也

有顏色艷麗的內衣褲

和襪子，這些衣服雖然

很 **怪異滑稽**，但總比裹着

毯子好，所以我連忙扔下毯子，

換上了衣服。

　　我餓了，便走進廚房，發現各種食物應有盡有，而且廚具齊全。我嘗試打開爐火，爐灶上立即冒起一團**藍色的火焰**，我喜出望外，馬上為自己弄一頓豐富大餐，包括一塊鮮嫩的牛扒，和兩隻足有三十厘米長的龍蝦。

　　吃完大餐後，我又出門走到草地上，在那個水池邊坐了一會，四周極靜。我發覺頂上那片銀白色不是很高，於是嘗試攀上鞦韆架，果然是觸手可及。那片**銀**白色的頂部，摸上去像**磨砂玻璃**的感覺，敲上去會發出「啪啪」的聲響。我頓時覺得自己好像被困在一個巨大的玻璃箱中。

　　在接下來的時間裏，我用盡一切方法嘗試離開這個「玻璃箱」，可是都不成功。

　　其實，這裏的生活也相當舒服，天天吃飽睡足，**無憂無慮**。

由於沒有時鐘或手錶，我只好用飢餓的次數來判斷時間的流逝。大約過了三四天，廚房裏的食物開始短缺，我正擔心自己會不會餓死之際，頂部突然傳來「啪」的一聲，我循着聲音看去，發現滑梯上方那片像磨砂玻璃的頂部，竟然像是溶了開來，就如一團雲，有東西從雲層上面擠下來。

擠下來的是一個木箱，大小就像我們常見的蘋果箱，上面用一根鍊子吊着。我一看到這樣的情形，立刻大叫：「你們是什麼人？將我關在這裏是什麼意思？」

我一面叫着，一面向滑梯奔去。但當我跑到上滑梯時，那木箱已經落到地上，而吊着木箱下來的那條鍊子正向上縮回去，我拚盡全力躍起，可惜還是慢了一步，抓不住那鍊子。

我連忙爬上滑梯的頂篷，從上面跳起，觸摸那個頂部，卻發現頂部依然堅固，一點也不像 雲 霧 。我再用力打了一拳，打得拳頭生痛，但那片頂部卻絲毫無損。

我無可奈何，只好打開那個木箱看看，發現滿滿一箱都是食物，而且全是我最快耗掉、最愛吃的那幾種，如牛肉、龍蝦等。

這表明有人在**監視**👁着我，才知道我喜歡吃什麼。刹那間，我的心*往下直沉*，抬頭望向那個頂部，全身發毛，直冒冷汗！

如今的情形，我和一隻被關在籠子裏的小動物有什麼不同？

我被人禁閉着、飼養着，情形就像孩子飼養小動物作為玩具一樣。**我現在就是別人的玩具！**

這時，別墅的大門處傳來一把十分溫柔的聲音：「有人嗎？」

聽到有人講話的聲音，我十分激動，立即跑過去，看見一位美麗得令人難以形容的少女，雖然她的衣服和我一樣，顏色艷麗得有點滑稽，但她的明艷依然令人讚嘆！

我呆呆地望着她，開口道：「你是誰？你是怎麼來的？」

那少女説：「你是怎麼來的，我也是怎麼來的。」

我苦笑，「我就是不知道自己是怎麼來的，所以才問你。」

少女沒回答，打開門走進屋內，坐在沙發上，抬頭向我望來，「你是E型的吧？」

E型！我心頭一震，同樣的話，陶格先生也曾對我説過。

我問少女：「你又是什麼型？」

少女揚了揚眉：「C型！」

她是C型，跟陶格一家相同**！**我急不及待地追問：「你認識一個叫陶格的人嗎？他們一家四口，有兩個可愛的孩子！」

少女搖頭，「我不知道，我剛剛從 **培養室** 出來，沒見過什麼人。

「培養室？那是什麼地方？」

少女答非所問：**「你不滿意？如果不滿意，可以換的！」**

「換什麼？」我感到莫名其妙，但忽然想到，難道是換這個「房子」？於是馬上說：「換這個地方嗎？對！我不滿意，**我要換！**啊不，不是換，**我是要直接離開！」**

　　少女疑惑地望着我，「那就是不滿意，對吧？那我告辭了！」

　　她站起來，準備離開，我連忙留住她，「等等，你去哪兒？」

少女轉過身來，説：「他們會換一個新的配偶給你。」

「**配偶？**」我失聲叫了出來。

原來這個少女是來當我的配偶的！情形就像有人養了一隻雄性倉鼠，便設法為牠再找一隻雌性倉鼠作伴一樣！

這幾天我就像一隻倉鼠，活在一個設備齊全的大盒子中**！**

我人感**不妙**，連忙問少女：「這裏是什麼星球？」

那少女莫名其妙地搖頭。

「你的家人呢？」我又問。

「家人？**我是單獨的。**」

「單獨是什麼意思？」

少女説：「我一直在 **培養室** 中，在那裏長大，直到我適合做配偶了，自然會有安排。」

我深吸一口氣，「作安排的是什麼人？」

「你是真不知道，還是假不知道？」少女很**詫異**。

我苦笑着搖頭，表示不知道。

「作安排的不是人。」她説。

我馬上比劃着問：「**是這麼高的小機器人？**」

少女抬起頭來，神情顯得有點恐懼，低聲回答：「**大多數是，也有的不是。**」

她的神情使我更加肯定，那些機器人會透過那銀白色的頂部，觀賞着他們的「**玩具**」！

「那麼，**誰在指揮這些機器人？**」

我也壓低聲音問。

「天，你真的什麼也不知道！」
少女詫異地說：「當然是控制中心。」

我苦笑道：「當然有控制中心，我是問，哪些人在操作控制中心？」

少女莫名其妙地搖搖頭，「**就是控制中心！**」

我也不糾纏下去，直接問：「是不是有可能逃離這裏？」

少女駭然地望着我：「逃？就算逃出了這裏，也沒有別的地方可去，到處都是一樣的。」

「**可以的！**」我堅定地說：「據我所知，有一家人，兩個大人，兩個小孩，他們就成功逃了出去。」

「他們逃到什麼地方去？」少女問。

我一直懷疑自己正身處另一個星球，所以對少女說：「他們逃了去**地球** 🌍。」

沒想到那少女笑了出來，「你開什麼玩笑？**我們就在地球上！**」

「這裏是地球？」我很詫異，沒想到地球上會有這樣怪異的「**機器人王國** 🤖」，連忙追問：「我們在地球的哪裏？是格陵蘭冰原之下？是誰建立了這樣一個恐怖王國，用機器人來統治人類？」

我的情緒很**激動**，拉着少女的手臂不停追問。

「我不明白你的問題！」少女甩開了我的手。

此時，一股**柔和**的黃色光芒突然透過了頂部，射了下

來，罩住那少女。

那種光芒我很熟悉，因我曾被它罩住飛行過。少女隨着光芒**向上升**，轉眼已**飄浮**出頂幕外，我也來不及追上去。

我一面跳着，一面大叫：「**帶我一起走！我不要被關在這裏，帶我離開！**」

我得不到任何回應，不過，我突然靈機一動，想到了逃走的辦法**！**

第十六章

玩具壞掉了

　　我幻想自己是主人的話，在什麼情況下會拋棄一件玩具❓那就是當玩具壞了，不好玩、不聽話，甚至給主人帶來麻煩的時候。

　　所以，我決定要做一件壞掉、不聽話、給主人帶來麻煩的玩具❗

　　我開始破壞屋裏的東西，把書本撥到地上，將整個書架*推倒在地*。我甚至跑進廚房，開了爐灶上的🔥，拿來一切易燃的物件，點燃着火，到處亂拋。

沒多久，廚房便 **燃燒** 起來，屋內到處都是火頭。

我趕忙離開屋子，走到草地上，站在水池邊，看見屋子裏 **火舌亂吐**，濃煙不斷冒出。我估計不出十分鐘，這個密閉空間就會充滿着濃煙。

我的行動要冒 **極大** 的危險，因為萬一「主人」沒發現，或者不理會我的話，我就會被活活燒死。

可是，為了重獲自由，我也不得不鋌而走險，放手一博 **!**

我被濃煙嗆得咳個不停，不斷用水池裏的水淋着頭和臉，四周的氧氣愈來愈 稀薄，我的呼吸開始感到困難。正當我以為自己會葬身火海之際，那道熟悉的黃色光芒忽然射了下來，把我 **向上吸起**，穿出了那片銀白色的頂幕。

我心裏暗暗感到興奮，因為我的計劃成功了，「主人」要棄掉我，那我是不是就可以回家去了**？**

一穿出了頂幕，我看到外面是一片極大的**平原**。我低頭看看自己生活了幾天的那個空間，果然從外面能看到內裏的情形，此刻，裏面已經滿是**濃煙**和**火舌**，情況極為惡劣。

在這個大平原上，至少有四五十個類似的「大空間」，排列得非常整齊。

我的身體**慢慢降落**，落在平原上。那是一個真正的平原，除了有四五十個那些「大空間」之外，什麼都沒有，只是一大片平整結實的土地。

我身上依然被黃色光芒籠罩着，但我全身仍能**活動**自如。

着地後，周圍響起一陣陣

「嗡嗡」聲，我看到至

少有三十個以上，那種二十厘

米高的小機器人，自四面八方

飛來，在我身邊周圍飛。我的體型
比他們大得多，就像《金剛》電影
中的金剛面對着飛機一樣，我看準
了其中一個，便伸手抓過去。

我想抓住其中一個，看清楚他們的構造。可是，我的手指才碰到那小機器人，便好像碰到了 **高壓電流** 一樣，全身 **震動**，我不由自主地大叫了一聲，向後跌倒。

當我跌倒後，所有飛行中的小機器人一起落下，站在平地上，轉動着頭部，好像在商量如何對付我，還在我身邊 **跳來跳去**，發出奇異的聲音，有的更以各種各樣的光線來照射我。

雖然剛才出手並不成功，但我屢敗屢戰，雙手撐在地上，看準了其中一個目標，一腳掃過去。

我這一腳的力道相當 **大**，理應可把那個細小的機器人踢出十米以外。可是，我一踢上去，那小機器人竟像釘在地上的 **鐵椿** 一樣，一動也不動，而我的腳卻痛徹心扉。

我慘叫一聲，痛得單腳 **彈跳** 着。那些小機器人卻好像很高興，四下飛舞，不斷發出「 **滋滋** 」的聲響。

　　我鎮定心神，趁他們正在興奮飛舞的時候，深吸一口氣，拔足就跑。雖然我不知道該往哪個方向跑，但總要嘗試。可惜，我奔跑的速度，比起他們飛行的速度，簡直**微不足道**。

　　他們猶如一顆顆子彈般，瞬間就來到我的身邊。我馬上打消了奔跑的念頭，喘着氣喊叫：「**我要見你們的主人！**」

我相信他們可以聽懂我的話，我將同一番話重複了幾次，然後就見到他們在我身邊走來走去，「**滋滋**」地商議着。

幾分鐘後，他們其中一個飛到我的面前，發出一陣「**嗡嗡**」的聲響，然後我的身體便慢慢升起。

我沒有反抗，當然，反抗也沒有用，我只是安靜地等候着，希望他們是把我送去見這裏的主持人。

我的身體**懸在半空**，幾個小機器人傍着我飛行。我在雪地上已有過一次這樣的經驗，很慶幸這次不用赤身露體。

飛行的速度相當快，一個個「玻璃盒子」在我底下**掠過**，從高處望下去，可以清楚看到幾乎每個「盒子」裏都有人在，有的是一個，有的是好幾個。整個平原就好像一間**巨大無比**的「玩具公司」，那些「盒子」是玩具屋子，而屋子中的人就是等待顧客來選購的玩具。

玩具壞掉了

小機器人帶着我 愈飛愈高，使我看得更遠，也令我更吃驚，因為放眼看去盡是平原，沒有半點高山或河流，甚至連花草樹木也沒有。

剛才那少女說這裏是地球，可是我實在想不出地球上哪一部分，有這樣大的一片平原，而又不見草木的。撒哈拉沙漠至少還有沙粒，而這裏只是一片**平整的土地**。

隨着我愈飛愈遠，地面上「盒子」的形狀也漸漸有了**變化**，不再是扁平，有的相當高，有長方柱形、圓形，甚至八角柱形，從空中看下去，就像科幻電影中那些外星城市上的建築物。

當我被帶到一座 球形圓頂 的建築物上空時，身體突然 急速下降，使我目眩耳鳴，只想嘔吐，難受至極。

然後，下降之勢又突然停止。我回過神來，發現自己已身處一個 **密閉空間** 中。空間內有一點簡單的陳設，

天花板又是那種 **灰** 白色的頂幕。

　　罩在我身上的黃色光芒消失了，我四處看看，找不到任何通道或出入口。我不知道該做什麼，於是先坐下來。但一坐下，便聽到左邊牆上發出了一下 輕微 的聲響，我反應極快地轉頭看過去。

　　我的反應雖快，可還是看不到眼前那位老人是怎樣進來的，只見**淺黃色**的光芒略閃了一閃，那個老人就已經站在牆前，好像是穿牆而入一樣！

第十七章

自作自受

那是一個我從未見過的老人，身型和我差不多高，一頭**銀髮**，下巴有着銀白色的長髯，臉色**紅潤**，雙眼炯炯有神，穿着純白的寬身長袍，令人聯想起神話中的神仙。

「你是誰？將我弄到這裏來幹什麼？」我問。

那老人搖了搖頭，走過來説：「你錯了，**不是我將你弄到這裏來的！**」

「至少那些小機器人是聽命於

你！」我不厭其煩地問：「你是什麼人？又是一個想統治地球的野心家？不過，能製造出那些小機器人，倒真是了不起！」

老人苦笑着，「我製造的？你完全弄錯了。」

我很詫異，「不是你製造的？那麼是誰製造？」

「你慢慢就會明白，我來見你，就是要告訴你目前的身分。」

「我目前的身分嗎？」我苦笑道：「是囚犯？還是玩具？」

他點點頭，「可以這麼説，**你是他們的玩具。**」

「他們是誰？就是那些小機器人？」我大聲問。

那老人終於說出了答案：「**他們，就是如今世界的主宰！**」

我很驚訝，反駁道：「**人才是世界的主宰！**」

老人嘆了一聲，「那是很久很久以前的事了！我是在一些零零星星的資料中得知的，那時，人是世界的主宰，

有很多很多人，數量超過一百億。」

我呆住了，老人提到的人口數字，顯然不是我生存的年代。在我的年代，目前人口是七十多億，要超過一百億的話，恐怕是下個世紀了。

老人繼續說：「那時候，人是主宰，機器是附從，是玩具，但情形漸漸改變了，人對機器愈來愈依賴，終於出現了**物極必反**的情形，機器反過來主宰了人！」

我聽了後，呆若木雞，難以接受。

老人望着我，問：「你是從**什麼時候**來的？」

他不問我「從什麼地方來」，而問我「從什麼時候來」，我心裏開始有點眉目，但依然不敢相信。

我答他：「我來的時候，是**公元2018年**。」

老人皺着眉，想了一想，才「哦」了一聲說：「那是**核能紀**☢！你們仍用**核分裂**來發電，對嗎？」

　　他提到「核能紀」時，感覺就像我們提到「寒武紀」或是「侏羅紀」一樣遙遠。

　　我驚訝地問：「現在是什麼世紀？地球人口有多少？幾百億？」

　　「大約還有二十萬。」

　　老人的答案使我一毛骨悚然，我驚叫道：「什麼？只有二十萬？是因為爆發了核戰嗎？」

「不是。」老人搖頭嘆息，「是人類自作自受。」

我一臉迷惘，搖着頭，「我不明白。」

老人便解釋道：「從核能紀開始，人類──」

我忍不住打斷他，「『核能紀』這個名詞我還是第一次聽到。」

老人笑了笑，「石器時代的人，也不會知道自己所處的那個時代，會被人稱為石器時代。」

「不至於這樣落後吧？」我瞪大了眼。

「照比例來說，差不多。」

我吞了一口口水，按老人這句話的意思，他的時代和我的時代，就好像我的時代和石器時代相隔那麼遠。

他繼續說：「核能紀是地球人命運的一個轉捩點，人類開始大量使用一種運算工具協助工作。」

「你是說『電腦』吧？」

老人聳聳肩，「你們那個時代好像是叫『電腦』，我一直不明白，難道在你們那個時代，沒有人看出依賴電腦是一種 **極危險** 的事嗎？」

我回答道：「有的。有不少科幻作家和科學家都一直提醒着，要小心人類會被電腦所統治。」

老人有點 **惘然**，「但其他人不信？」

「大部分人都不相信，他們認為電腦是人製造出來的一種 **機器**，始終要聽命於人，人的智慧永遠在機器之上。」

老人嘆了一口氣，「人類從原始人開始進化，逐步累積知識，步入文明，靠的是什麼 **?**」

我回答道：「靠 **人腦** 的思考。」

「對！你想想，如果人腦不用去思考，會出現什麼情況？」

「**人類的進步停止。**」我說。

老人苦笑了一下，「對，不但停止，而且還會開始退步。」

「那是假設，但我們人腦並沒有停止思考啊！」

老人笑問：「你平時會*徒步*走十公里去一個地方嗎？」

「有車的話，當然會坐車。」

老人又問：「你們怎樣搬動很**重**的物件？」

「會用起重機。」

「所以，有機器代勞的事，人們就會懶得自己做，結果相關的能力便退步了。」

我明白老人的意思，但馬上反駁道：「**不！**雖然我們用汽車代步，用機器搬運貨物，但我們懂得去跑步和健身鍛煉，讓自己不退步。」

老人又笑問：「你們去跑步和鍛煉，是為了什麼**？**」

「主要為了健康，也為了擁有好看的體態。」

「如果科技發展到有一種**醫療機器**能瞬間使你擁有健康和完美的體態，你還會辛辛苦苦去跑步和鍛煉嗎？」

「很可能不會。但科技真有這麼先進的話，人類的身體也不會退步了，不是嗎？」我**得意**地反問他。

「對，初時是這樣，但問題不在身體，而是在這裏。」老人指着自己的腦袋，然後接着問：「你們那時代的孩子，還會背誦九乘九是八十一嗎？」

「乘數表？當然會！」我説。

老人略感愕然，「他們主動去學？」

「一般都是老師要求他們背誦的。」

「如果沒有人施予壓力，你認為孩子還會不會背誦？」

我不回答他，直接反駁道：「不可能出現的，老師一定會要求孩子背誦。」

「為什麼？」

「因為這樣有助訓練孩子的＋算術÷✕和思考能力。」

　　「沒錯。」老人笑道：「你那個時代還處於核能紀的中前期。但到了後期，人類已經漸漸不需要自己思考了，所以老師也不必再訓練孩子的思考能力。」

　　「為什麼不需要思考？」我驚問。

　　「剛才不是說過嗎？只要是 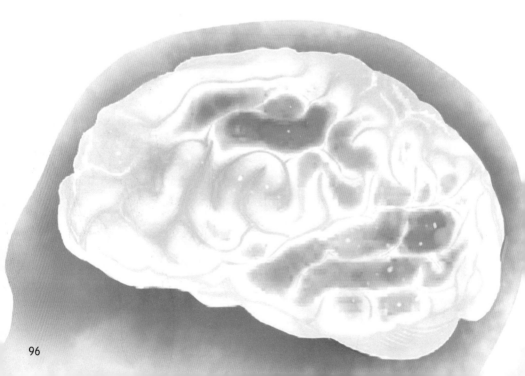 機器 能代勞的事，人就懶得自己去做，包括思考。」

一聽老人的說法，我立刻驚叫起來：「噢！是**人工智能**！」

「對！人類不用自己學習，因為機器能代為學習；人類不需要自己思考，因為機器也能代為思考。久而久之，人不再思考，人腦不斷**退化**，一切都讓機器去代勞。」

「就算這樣，機器依然是為人類服務，除非……」說到這裏，我自己也不禁一驚，不敢再說下去。

老人替我說了出來：「對，**機器叛變了。**」

「**不可能！**」我叫了出來，「它們需要能量來推動，只要把**電源**截斷，它們便不能操作了。況且，人類除了靠智慧，也靠團結來保持優勢，就如原始人團結起來對抗猛獸。」

老人解釋：「核能紀結束後，地球進入了**太陽能**

蓬勃發展的時代，機器能夠輕易接收和運用太陽能，從此有了源源不絕的能量，不再受制於人類。

「而說到團結，那時候除了能源之外，通訊科技也有了突破性發展，機器與機器之間能以 無線 電波 互相溝通，而且訊息量 極大，他們一秒鐘所交換的資訊量，相等於人類對話一百萬年。」

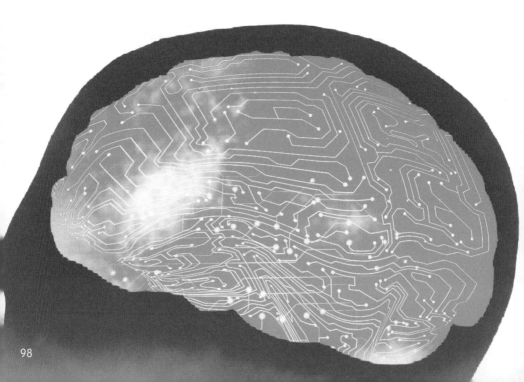

我登時**如夢初醒**，想起我那個時代正值5G通訊技術熱潮，未來踏入6G、7G或更遠之後，發展更是難以想像。

機器有了無盡的能源，懂得自己學習和思考，不斷自我改進，再透過**極速**的通訊網絡互相**連結溝通**，不用老人說下去，我也知道結果了，那就是**機器主宰了世界！**

而人類不斷退步，最終變成了完全不會思考的廢物！

我馬上想起老人剛才說，如今只剩下二十萬人口，我**戰戰兢兢**地問：「機器叛變後，就開始消滅人類？」

老人搖搖頭，「**一下子就完成了！**」

我驚訝得整張臉都**僵住**了，「他們到底用了什麼方法，能把人類一下子消滅？」

「方法簡單極了。」老人說。

第十八章

抉擇

老人説「**方法簡單極了**」，但我實在想不出來。

他又補充説：「不但消滅了人，而且，還一下子消滅了所有生物**！**」

聽到「所有生物」這句，我心頭一**震震震**，忽然對那個「簡單極了」的方法有了頭緒，戰戰兢兢地問：

「**他們……弄走了空氣？**」

「差不多，他們把空氣的成分變成不適合任何生物生存。」

我全身冒着**冷汗**，「照你這樣說，所有生物全都被消滅了，那怎麼還會有人生存下來？」

老人解釋：「他們保留了一小部分人，事前將這些人關進密封的培養室中，這種 **培養室** ，你也曾經住過一段時間。」

我「啊」了一聲，「那個有花園、有房間的大空間就是培養室？」

「是的，現在我和你所在之處，也是培養室。人或其他生物只能在這種培養室中生存，因為這裏才有氧氣。他們保留了人類生存所必需的一些東西，甚至也保留了**花** ☀ 、**草** 等等，讓人生活得舒服，因為人已變成了他們的 **玩具**，他們不想玩具**腐壞**……」

我實在聽不下去了，只問他：「那你是什麼**？**你也是玩具嗎**？**」

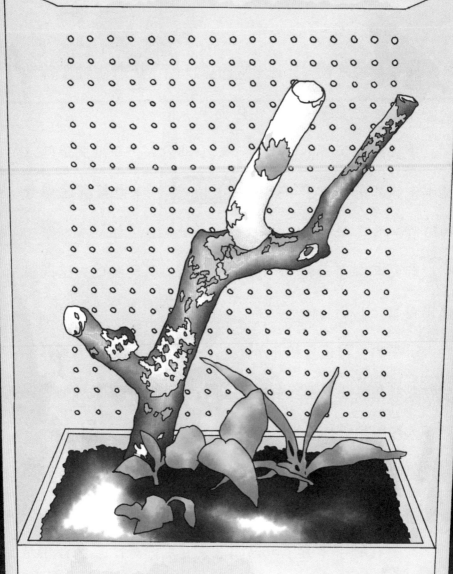

老人低下頭，無可奈何地回答：「我是A型。」

「A型？」我很**愕然**，我記起陶格說我是E型，他和那個被安排做我配偶的少女都是C型，我連忙問老人：「A型是什麼意思？」

老人解釋道：「他們把剩下來的人分成五個類型。**A型**的人，是他們認為有一定**智力**的，在玩具的分類上，屬於最高級的一種。**B型**是一種**畸**形的人，因為外表奇特而引起他們的

興趣。**C型**是標準型，全是**俊男美女**，或極其可愛的兒童。**D型**則是大力士，最受低級機器人喜愛。」

我立即問：「低級是什麼意思？」

「就是記憶體較少，功能沒那麼全面的機器人。」

我了解後，急不及待地問：「那麼E型呢？」

「**E型**就是你，最全面，而活力又最強的一種，深得他們**喜愛**。」

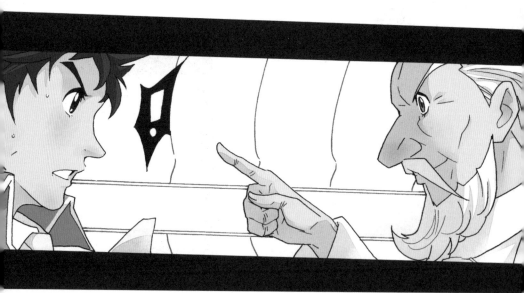

我不禁苦笑起來，「哼⋯⋯我是最受他們歡迎的Ｅ型⋯⋯」

那老人苦口婆心地勸告：「雖然如此，但他們對 卻沒有興趣⋯⋯」

「不是只有五種類型嗎？怎麼冒出一個破壞型來？」我 地問。

那老人**嚴肅**地告訴我：「對，存活的就只有五種類型，至於破壞型或其他不受他們喜愛的類型，都會很快被消滅。」

提起「*消滅*」，我立即想起一個疑問：「他們會隨便殺人？」

「只要他們高興，一秒鐘可以殺一萬人！」

我立刻追問：「他們可不可以令原本❤️臟很健康的人，忽然死於先天性心臟病？」

我問得如此具體，老人覺得很好笑，笑道：「當然可以，沒有什麼辦不到的。他們能射出種種用途的**光線**，每一種光線都有不同的功能……」

我的思緒十分混亂，腦海裏只有一個意念是絕對明確的，那就是：「**我不能留在這裏當玩具！我要逃出去！**」

我大聲喊叫了出來。

但老人搖着頭，表示不可能。

我連忙説：「據我所知，有一家人成功逃出去了。」

老人忍不住笑了一聲，「你説的是C型的陶格一家嗎？**他們真的以為自己逃出去了？**」

我不明白他的意思，只説：「陶格告訴我，他是通過**逃走裝置**逃出去的，而我也確實在我那個時代遇上他們一家。」

老人對我的話沒表示什麼意見，只是苦澀地笑着。

我看了看四周，然後靠近老人，低聲說：「**我要逃出去，請你幫我！**」

老人又搖着頭，慨嘆：「你不明白，你還是不明白。」

我有點發急：「我不需要明白太多，我只要知道那逆轉裝置能讓我逃出去就夠了！」

老人沉默了一會，才嘆一口氣説：「那逆轉裝置能夠使任何物質中的電子運行方向**逆轉**。」

我連忙問：「是不是在這種逆轉的過程中，也可能使**時間逆轉**？」

老人緩緩地點頭。

我**雀躍不已**，連忙又問：「那麼，我可以突破時間的限制**？**」

「當然了。不然你怎麼能和我見面？我們相隔了至少幾萬年。」

雖然我早已猜到，我那個時代和這裏相隔有多久，但當老人説出「**幾萬年**」的時候，我還是不禁**震驚**了一下。

「那逆轉裝置在什麼地方？」我問了最重要的問題。

老人並沒有直接回答我的話，只説：「剛才你來這裏的途中，已見過外面的情形？」

「是的，我被一種**黃色**的光芒包圍着，但是我可以

看到外面的情形。」

老人又說：「你必須明白，除了那黃色光芒和各種形式不同的建築物內部之外，其餘地方都 沒有氧氣 ，任何生物都不能生存。」

我呆了一呆，「你的意思是，我只要一離開建築物範圍，就沒有生存的機會 ？」

「對，你要呼吸，我也要呼吸，不像他們，根本不用呼吸。」老人提醒道：「你也要知道，他們的力量是你無法抵抗的，他們任何一種射線都可以令你致死☠。」

但我堅信道：「陶格一家可以成功逃出去，我也一定可以！」

老人苦笑起來，「好，如果你喜歡陶格玩的那種遊戲，我就給你一個作抉擇的機會，而這也是我來見你的目的。」

我感到愕然，「是什麼目的？」

老人嚴肅地説：「他們派我來，是要我讓你知道，你是他們的玩具，他們很喜歡你，所以希望你不要亂來，不要再搗亂、作反，乖乖地當一個聽話的玩具。那麼，你便可以過着舒適的生活，有豪華的住所、豐富的食物、美麗的衣服、完美的配偶等等，而且還有新

鮮的空氣，沒有任何疾病和痛苦。這些不正正就是你們那個時代的人所追求的理想生活嗎？」

「這就是他們讓你向我傳達的 **訊息** ？」我問。

老人點點頭，「我的任務完成了，要離開了。你想留下來過好生活，還是玩陶格那個逃走的遊戲，你自己好好想想，作出一個精明的抉擇吧 **!**」

第十九章

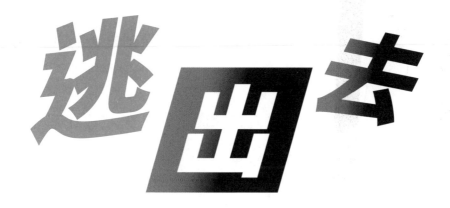

我絕不懷疑那老人所説，只要我乖乖留在這裏，將會有很**舒適**的生活。可是他忽略了一點：**我要做一個人，而不要做一件玩具！**我寧願做一個三餐不繼、露宿街頭、一輩子沒有配偶的人，也不要做一個什麼都有、生活安逸的玩具！

我很快就作出了抉擇：「**不自由，寧願死！**」

老人帶着嘲笑地説：「好，很好。那祝你好運！」

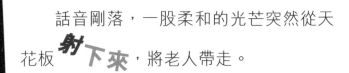

話音剛落，一股柔和的光芒突然從天花板**射下來**，將老人帶走。

我急得大叫：「你別走！**逆轉裝置在哪裏？**」

老人迅速向上升，天花板在那光芒的照射下溶開了一個出口，轉眼間，老人就穿過天花板離開了。

我很**沮喪**，別說是逆轉裝置，就連離開這座建築物的出口，我也找不到**!**

房間中的陳設並不多，只有幾張椅子，我抓起其中一張，用力砸向天花板，椅子應聲**碎裂**，而天花板卻完好無缺。

那是我意料之內的事，只是我別無他法，加上**怒火中燒**，便繼續抓起椅

子，亂砸向牆壁。當我擲出第三張椅子時，意料之外的事卻發生了！椅子好像觸碰到了什麼機關，「啪」的一聲，牆上突然有一扇 **暗門** 彈了開來！

　　我急忙跑過去看看，只見暗門在貼近地面處，大約只有五十厘米高，三十厘米寬，剛好可以讓一個人勉強爬進去。

　　這是唯一找到的出口，我沒有多想，就 *趴下來*，爬進那道暗門。沒想到暗門之內是一條相當長的通道，而且 *愈來愈狹窄*，我差點整個人被夾在黑暗的通道中！

通道盡頭透着一點 **銀光**，我拚盡力氣前進，終於爬出了通道，來到一個結滿了冰，貌似山洞的空間。

當時我第一個反應是擔心自己會 **凍死**，可是我馬上感覺到，那個冰洞異常高溫，我猶如置身熔爐之中。

我呆了一呆，馬上就 **興奮** 起來，因為熱騰騰的冰令我想起陶格説過，逆轉裝置能令物質的性質變成相反，例如水遇熱會結成冰。

我相信逆轉裝置就在附近，於是在冰洞裏四處 **搜尋**。可是，我漸漸感到呼吸十分困難，那老人説過，建築物以外的地方沒有氧氣。

而我依然能勉強呼吸，相信是因為有少量氧氣從建築物那邊，經過通道傳過來。

我在**高溫**和氧氣稀薄的冰洞裏，辛苦地搜索着。除了洞壁上有一個凹陷處之外，並無發現其他特別的地方。

我走近那凹陷處，看到那裏放着一個相當大的箱子。我緊張地打開箱子，看看會否就是逆轉裝置，怎料箱內只有兩瓶普通的氧氣筒連面罩。

不過，對於快要窒息的我來說，這也是好消息，我連忙戴上一個氧氣面罩，使呼吸暢順下來。

呼吸暢順後，**觀察力** 👁 也增強了不少，我發現大箱子後面的洞壁上，有一塊**突出**的大石。

我連忙拿開箱子，雙手用力推那大石，竟然能把大石推出去，現出一個洞口。

只見洞外是一片看不見邊際的**平原**，一點有生命的東西也沒有，**猶如死域！**

我戴着氧氣裝備走出去，開始尋找逆轉裝置。

我本來以為逆轉裝置不會離冰洞很遠，但我錯了，走出冰洞後，我在那片死域上展開了漫長的征途，在**生與死的邊緣**上掙扎，多次在臨渴死的前一刻找到水源，在氧氣用盡的最後一分鐘內，找到新的氧氣筒。

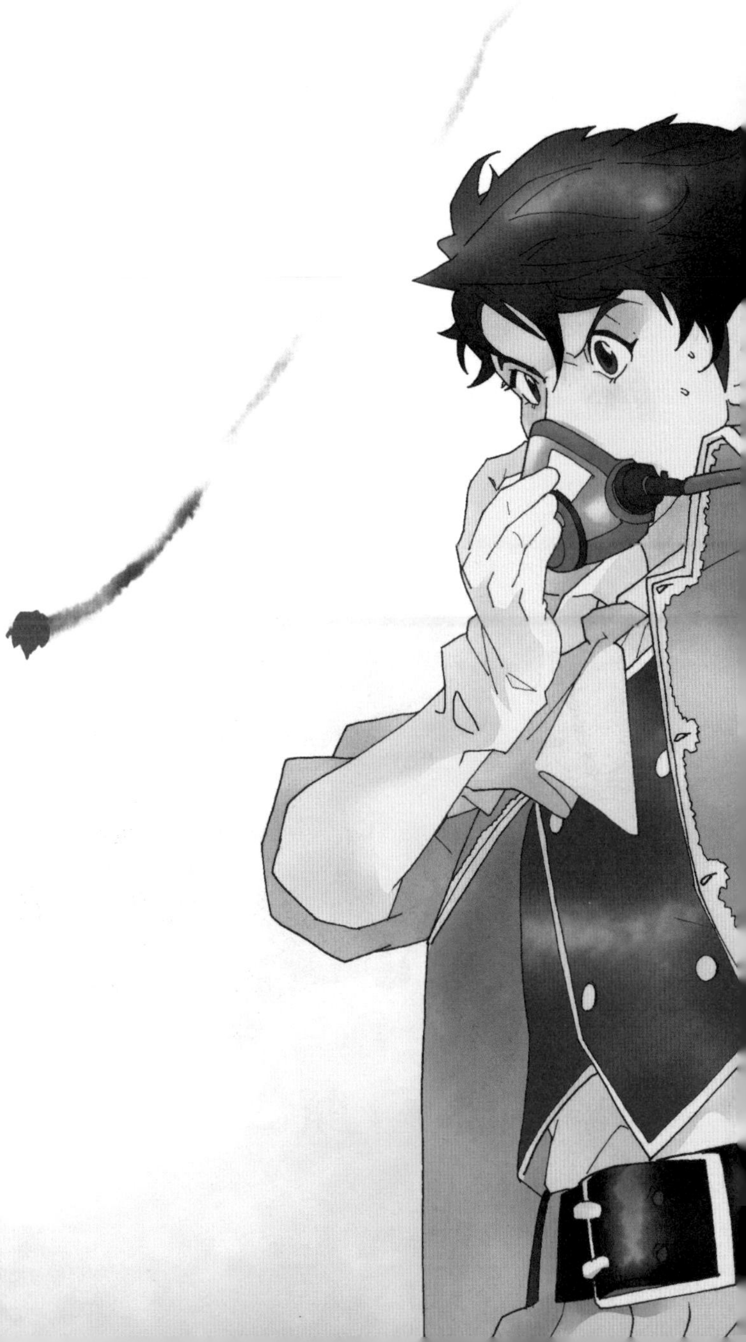

一切冒險小說或驚險電影中的情節加起來，也比不上我這段經歷。但是，我不準備詳細寫出來。為什麼呢❓只要看下去，各位自然會明白，而且也會體諒我的心情。

總之，經歷**重重險境**之後，我找到了那個逆轉裝置，回到我自己的時代。

回來之後，我仍然在格陵蘭的冰原上，碰巧達寶警官正駕駛着直升機在 **搜 尋** 我，他把我救起時，一臉驚訝，

因為我仍穿着那 **顏色鮮艷** 的衣服，而且還戴着氧氣罩。

　　我知道他一定滿腦子 **疑問**，我只嘆了一口氣：「說來話長，這場 **烈風** 是什麼時候停息的？」

　　「**老天，足足十二天！** 我不等風停，就來找你，老實說，我還以為會發現你赤裸的屍體呢！」達寶用拳頭碰擊了一下我的胸膛。

　　他先把我送到附近一個探險隊的營地去進食和休息，我再把整段經歷向他詳細說了一遍。

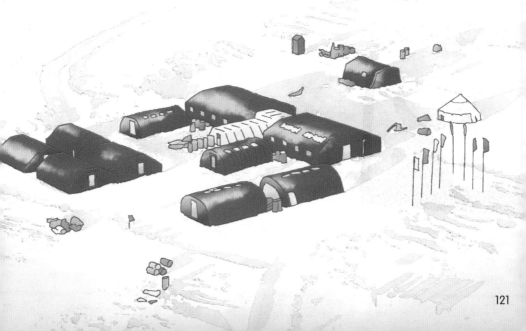

說完後，達寶打了一個長長的呵欠，拍拍我的肩，**「你該休息一下了！」**

我**皺**着眉，「你不相信我？」

「相信，當然相信！」他頓了一頓，再說：「我相信你的話，但不相信真實發生過。」

我呆了一呆，不明白他這樣說是什麼意思。

達寶解釋道：「在 **暴風雪** 中能夠生存下來，絕不容易，那情形和在沙漠中……」

他講到這裏，我便明白了，「你的意思是，我產生**幻覺**了？」

達寶點頭，「是的，在深海，有時也會……」

我**冷笑**起來，「幻覺？你應該記得我剛才的樣子。那種✦**七彩**✦的衣服是幻覺？那麼**重**的氧氣筒也是幻覺？」

達寶眨着眼，答不上來，想了一想才説：「那些可能是什麼探險隊留在冰原上，恰好被你發現。」

「嘿，對！有人曾在冰原上作**小丑演出**👨，留下了七彩的衣服；也有人準備鑽穿冰原去🤿**潛水**，所以安排了氧氣筒！」

達寶當然聽得出我在諷刺他，他苦笑道：「你的逃亡過程太富**戲劇性**了。你説那個什麼逆轉裝置，既然如此重要，他們為什麼會讓你輕易找到？」

「**輕易**？你到底有沒有留心聽我説？我是千辛萬苦，經歷重重險境才找到的啊！」我反駁道。

達寶攤着手，「好了，就算是這樣，那個裝置一定極其複雜，你從未見過，又怎會懂得使用它**?**」

我冷笑道：「問得好，那裝置我的確一點也不懂，但在控制板上，每個按鈕之下，都有一塊 **金屬牌** ，説明該按鈕的作用！」

達寶望着我，現出一副想笑又不敢笑的神情問：「是用什麼文字來説明的？」

「**英文！**」

達寶聽了我的回答，實在忍不住笑了出來。

我也明白他為何不信，所以我只嘆了一聲，「你不相信就算了。這種事情，如果不是我親身經歷，我也不會相信。」

達寶聳聳肩，做出無可奈何的樣子，「就算這一切全是真的，我們也阻止不了人們使用電腦。」

我也嘆了一口氣，「對，我們根本沒有這個力量，只能看着人腦愈來愈退化，人愈來愈懶，到最後，人變成廢物，終於成為機器人的奴隸。」

第二天一早，我乘坐飛機回到丹麥，沒有多作逗留，便啟程回家了。

第二十章

玩具的命運

回家後，沒想到白素聽完我的經歷，有着和達寶相近的看法：「**你不覺得逃亡過程太順利了嗎？**」

「順利？」我抗議道：「一點也不順利，那是**九死一生**的逃亡！」

「我的意思是，逃亡過程有點像電影情節，你像那些主角般，每次到了**千鈞一髮**的危急關頭，總是大難不死，絕處又逢生！」白素說。

我臉色**一沉**，「你對我沒有死去很不滿嗎？早知道我

就選擇留在那裏，過舒適安逸的生活，接受他們安排的金髮
配偶……」

　　白素立刻叉住我的頸說：「那你就真是死定了！」

　　我和她都大笑了起來。

接着的一段日子，我漸漸恢復正常生活，但對 **玩具** 和飼養小動物，起了一種莫名其妙的 **厭惡** 心理。

有一次，在一個朋友家中，幾個孩子捧着一個透明盒來飼養螳螂，當場被我罵了一頓，嚇得哭了起來，我那位朋友勸我去看精神科醫生。

又有好幾次晚上，在睡夢之中，白素有事忽然開了燈，我以為是那種 **黃色光芒** 又向我照射過來，嚇得我 **從床上跳起**。

我覺得只有陶格會明白我的感受，我想找他傾訴，可是不論如何打聽，也沒有他們一家的消息。

直到大半年後，我去 **印度** 辦事，有一天傍晚，在街上看到成群結隊、**衣衫襤褸** 的貧童在向路人乞討，不停拉扯路人的衣服。

我正打算繞路走的時候，忽然發現不遠處有兩個很面善的白種小孩瑟縮一角。他們十分骯髒，長頭髮打着結，身上的衣服又**髒**又**破**。不過無論如何污穢，依然能看出他們長得十分 **可 愛**。

當我走近一看，幾乎不敢相信自己的眼睛，因為他們居然是唐娜和伊凡！

「**唐娜、伊凡！**」

唐娜和伊凡一聽到我叫他們，立時跳起跑過來，我**蹲下身子**，不管他們身上有多髒，也一邊一個將他們抱住，他們也緊摟住我的脖子。

「你們怎麼會在這裏的？你們父母呢？」

唐娜想哭，伊凡伸手向前一指，「**就在前面，過幾條街，不是很遠！**」

他們走在前面帶路，穿過了兩條街，居然來到環境惡劣的貧民窟！

在堆滿垃圾的空地上，有幾十間用紙箱和舊木板圍成的「 屋子」，四周臭氣沖天，許多**大老鼠**在污水

和垃圾之間，肆無忌憚地走來走去。

我驚叫：「**天啊！你們住在這裏？**」

伊凡伸手向前一指，「**我們住在那一間！**」

我跟着他們跨進那個「屋子」，看見陶格夫婦躺在一堆舊報紙上，滿身酒氣。

陶格先生**不修邊幅**，亂髮糾纏在一起；而陶格夫人原本的一頭美髮，如今簡直像抹布一樣。

陶格夫人發現了我，現出一個**僵硬**的笑容來，「是你啊？」

陶格先生木然地向我望了一眼，「**酒！給我酒！**」

「好，我請你們喝。」我敷衍着他，然後取了一些**錢**，交給伊凡和唐娜，低聲吩咐他們：「去買一些食物和乾淨的瓶裝水回來。」

他們答應了一句，便**一溜煙**地走了出去。

我扶起陶格夫婦，讓他們坐好，問道：「你們什麼時候染上酒癮的？」

陶格搖着頭，「連我們自己也不記得了！」

我拋磚引玉，先分享自己的事：「我有一段令人**意想不到**的經歷，你們想聽一聽嗎？」

「我知道，**你被他們抓走了。**」陶格说。

「是的，而我成功逃出來**！**全靠你告訴過我，可以通過**逆■裝置**逃走！」

「你逃出來了？」陶格忽然**哈哈大笑**，邊笑邊指着我，向妻子说：「**他逃出來了！**哈哈，你聽聽，他说他逃出來了！」

「有什麼好笑？我當然是逃出來了，不然你們現在怎會見到我？」我有點**氣憤**。

陶格笑得喘着氣，「嗯，你逃出來了。除了建築物之外，根本沒有氧氣，我想你一定是 **意外地** 發現了氧氣筒，對嗎？」

我點了點頭，陶格也是從那裏

逃出來的，自然知道情形。

陶格又說：「你歷盡艱險，九死一生，好幾次以為 **絕望**了，可是在最危急的關頭，又 **絕處逢生**，

是不是？」

「是。」

陶格又神經質地笑了起來，陶格夫人說：「別笑他，我們過了多久才明白？」

陶格止住了笑聲，嘆道：「**足足十年！**」

陶格夫人同情地說：「是啊，那他怎會明白呢？唉！他們玩玩具的花樣愈來愈多了！」

陶格也慨嘆了一句：「是啊，他是E型，正適合這種『**大逃亡**』玩法！」

「**等等！**」我聽了他們的話，十分

震驚，「你們的意思是，我逃亡的經

歷……」

「只是他們的遊戲過程。」陶格

冷冷地說。

我呆了一會，自我安慰道：「就

算他們把我的逃亡當成遊戲，但我也總算

逃回來了，他們的遊戲也結束了。」

陶格苦笑著說：「我們剛開

始時，也認為自己完全自由了。

後來偶然發現了『**他們**』，以

為『他們』追蹤而來，於是四

處躲逃，甚至躲進了格陵蘭的冰層

之下。」

「可惜他們還是找到你們。」我同情地說。

沒想到陶格很激動，「**錯了！我們根本就沒有逃出來！**」

「什麼意思？」我驚問。

陶格**悲傷**地瞪着眼，「遊戲一直持續着，我們由始至終都是他們的玩具。他們只是把玩具放到另一個地方來玩而已。當有什麼人阻礙遊戲進行，他們就會掃除障礙。像那對**法國**老夫婦，發現了唐娜和伊凡不會長大，就被他們**殺**了，因為這個發現會阻礙玩耍。那個玩具推銷員對我們起了**疑心**，也被清除掉。至於那兩個反恐特工，**鍥而不捨**地追查我的身分，當然也非死不可。」

我牙關**打顫**，「那麼我⋯⋯」

「本來你也一定要死的，但他們發現你是E型，比我們好玩得多，像你經歷的逃亡過程，我就做不到。」陶格說。

我大聲叫了起來：「**他們在哪裏？在哪裏？**」

我一面叫，一面四處張望，希望能找出那些小機器人。

陶格夫人**苦笑**道：「你看不到他們的，他們或許在五百公里的高空，你看不到，也摸不着，但遊戲依然繼續。」

「你現在明白我們為什麼變成酒鬼了？」陶格慘笑道：「**因為我們不想清醒！**喝醉了，才能幻想自己有自由。」

我説不出話，既**驚惶**，又感慨。

　　這時候，唐娜和伊凡已買了食物和蒸餾水回來，與父母一起吃用。

　　我陪着他們吃，又聊了一會。連陶格也不知道是什麼原因，兩個孩子長不大，而他們夫婦倆也不會老，那可能是使用逆**裝置的後遺症。但我卻另有見解，我認為那根本是「他們」的力量，「他們」不喜歡自己的玩具變樣，所以不知通過了什麼方法，使陶格一家永遠維持原貌。

　　「我先回去打點一下，安排好一切之後，明天就來接你們走。」我説完便先行離開。

可是到了第二天，我再回來時，陶格一家已經 **不見了**。

是陶格夫婦想避開我，所以搬走**？**

還是陶格一家變得不好玩了，所以被「他們」消滅掉**？**

又或者是，陶格一家很後悔逃了出來，所以向「他們」請求，重新回到培養室去，過安逸的生活**？**

我不知道是哪一個原因令陶格一家失去了**蹤影**，而自那天以後，我便再沒有見過他們了。

回家後，我把在印度遇見陶格一家的事告訴了白素。

我的心情很**低落**，生活失去了動力，也愈來愈懶散。

有一天早上，白素催促我起牀，我懶洋洋地慨嘆道：「人根本就是**玩具**，我所做的一切，只是供『他們』娛樂而已，有什麼意義？」

「那麼你更加要起來，努力學習，多看書，多動動腦筋**！**」白素用力拉我起牀。

「為什麼？」

白素對我當頭棒喝，「**機器本來不也是人的玩具嗎？**只因為不斷學習進步，便慢慢取代了人類，成為『主人』。所以，人類即使變成了玩具，也不應該氣餒，只要不斷學習進步，**『玩具』終有一天也能成為『主人』！**」

我如夢初醒，立刻從牀上跳起，振作起來，抓住白素的雙肩説：「你説得對！從今天起，我們互相督促對方，多學習，多動腦筋，不斷進步**！**」

因為只有這樣，我們才能擺脫玩具的命運，獲得自由。（完）

案件調查輔助檔案

匪夷所思

在格陵蘭這片極地上，發現一雙只有一厘米長、半厘米闊的腳印，實在相當**匪夷所思**！

意思：形容人的思想、言談、技藝、事情等離奇，超出尋常。

嗚咽

「不⋯⋯不是。」我**嗚咽**着説。

意思：指傷心哽咽的聲音，形容低沉淒切悲戚的聲音。

蹣跚

伊凡答應了一聲，很快就抱着一個大睡袋**蹣跚**地走了出來，十分可愛。

意思：腿腳不靈便，走路緩慢、搖擺的樣子。

躡手躡腳

我將眼睛睜開一道縫，看到唐娜和伊凡**躡手躡腳**地從屏風後面走出來，向我逐步走近。

意思：形容走路腳步放得很輕，也形容偷偷摸摸、鬼鬼祟祟的樣子。

恍然大悟

那一瞬間，我終於**恍然大悟**，原來他們只是想把我搖醒而已。

意思：形容人對某事一下子明白過來。

不約而同

他們呆了一呆，**不約而同**地搖頭，「我們也不知道。」

意思：事先沒有經過商量而彼此的看法或行動卻完全一致。

一絲不掛

但更令我震驚的是，在高速飛行着的我竟是**一絲不掛**，赤身露體的！

意思：形容赤身裸體。

不絕於耳

由於顏色變濃，我漸漸看不清楚外面的情況，只聽到「滋滋」聲依然**不絕於耳**。

意思：聲音在耳邊鳴響不斷。

答非所問

少女**答非所問**：「你不滿意？如果不滿意，可以換的！」

意思：回答的不是所問的內容。

莫名其妙

「換什麼？」我感到**莫名其妙**，但忽然想到，難道是換這個「房子」？於是馬上說：「換這個地方嗎？對！我不滿意，我要換！啊不，不是換，我是要直接離開！」

意思： 指説不出其中的奧妙，發生的事情很奇怪，説不出解釋的道理來。

配偶

少女轉過身來，説：「他們會換一個新的**配偶**給你。」

意思： 是指婚姻關係中的伴侶。

鋌而走險

可是，為了重獲自由，我也不得个**鋌而走險**，放手一博！

意思： 指無路可走時採取冒險行為。

屢敗屢戰

雖然剛才出手並不成功，但我**屢敗屢戰**，雙手撐在地上，看準了其中一個目標，一腳掃過去。

意思： 比喻雖然屢次遭受挫折失敗，仍然努力不懈。

痛徹心扉

我一踢上去，那小機器人竟像釘在地上的鐵椿一樣，一動也不動，而我的腳卻**痛徹心扉**。

意思：形容非一般的痛。

微不足道

可惜，我奔跑的速度，比起他們飛行的速度，簡直**微不足道**。

意思：指意義、價值等小得不值一提。

炯炯有神

他的臉色紅潤，雙眼**炯炯有神**，穿着純白的寬身長袍，令人聯想起神話中的神仙。

意思：形容人、動物或其他事物的眼睛明亮，很有精神。

不厭其煩

我**不厭其煩**地問：「你是什麼人？又是一個想統治地球的野心家？不過，能製造出那些小機器人，倒真是了不起！」

意思：不嫌煩瑣和麻煩，形容耐心。

呆若木雞

我聽了後，**呆若木雞**，難以接受。

意思：因恐懼或驚異而發愣的樣子。

毛骨悚然

老人的答案使我**毛骨悚然**，我驚叫道：「什麼？只有二十萬？因為爆發核戰嗎？」

意思：身上的毛髮豎起，脊樑骨發冷，形容十分恐懼。

轉振點

他繼續說：「核能紀是地球人命運的一個**轉振點**，人類開始大量使用一種運算工具協助工作。」

意思：指轉變的關鍵。

如夢初醒

我登時**如夢初醒**，想起我那個時代正值5G通訊技術熱潮，未來踏入6G、7G或更遠之後，發展更是難以想像。

意思：比喻過去一直糊塗，在別人或事實的啟發下，剛剛明白過來。

苦口婆心

那老人**苦口婆心**地勸告：「雖然如此，但他們對破壞型卻沒有興趣……」

意思：指善意又不厭其煩地勸導某人。

千鈞一髮

「我的意思是，逃亡過程有點像電影情節，你像那些主角般，每次到了**千鈞一髮**的危急關頭，總是大難不死，絕處又逢生！」白素說。

意思：比喻萬分危急或異常要緊。

肆無忌憚

在堆滿垃圾的空地上，有幾十間用紙箱和舊木板圍成的「屋子」，四周臭氣沖天，許多大老鼠在污水和垃圾之間，**肆無忌憚**地走來走去。

意思：指肆意妄為，毫無顧忌。

不修邊幅

陶格先生**不修邊幅**，亂髮糾纏在一起；而陶格夫人原本的一頭美髮，如今簡直像抹布一樣。

意思：隨隨便便，不拘小節，形容不注意衣著或容貌的整潔。